周作人著作

澤瀉集

锺叔河——编订

岳麓書社·长沙

北新本《泽泻集》

编者的话

锺叔河

一九八七年一月七日《光明日报》上，岳麓书社刊出了我拟稿的一帧广告（左图），宣布了书社和我对重印周作人著作的观点：

“人归人，文归文。周作人其人的是非功过是另一问题，其书的主要内容是对传统文化和国民性进行反思，对中国—西方和中国—日本的文化历史进行比较研究，今之读者却不可不读。……”

随即便开始出书。既出周作人著作的单行本，也出精装合订本。两年之间，出了二十四种。

书当然不是想出便能出的，得按规矩，走程序。周家授权了，报告批复了，宋木文、杨牧之、伍杰各位领导都当面或来信表示应允和支持了，便能够出了。

出就得出好。当时强调了两条：（一）因为均系据旧本重印，所以一定要认真校订，尽力改正旧本误植失校的错误；（二）因为手稿不存，无法对勘，所以一定要详出校记，改动处一概保留原文，承担责任。

这两条，读者看来大都是认可的。直到如今，在旧书网上，八十年代“岳麓版”的周作人著作，始终都卖得不错。

现在，岳麓书社决定又来重版周作人著作，仍然要我负责编订，做法则一仍其旧。还是这些书，还是这两条，新的广告也就不必再做了。

鄢琨君三十年前和我同编了这些书，此次仍然合作，所有案头工作都是他做，各书重版说明也多是他写的。校记原列表在书末，如今改作尾注。鄢君新增校改之处，标出“鄢校”，特此说明，并志感谢。

二〇一八年五月十五日于长沙。

重版说明

《泽泻集》，一九二七年九月上海“北新书局”初版，为周氏《苦雨斋小书》之三（《苦雨斋小书》出版过五种，即《冥土旅行》《玛加尔的梦》《泽泻集》《永日集》和《过去的生命》），有序一篇，收文二十一篇。

在《泽泻集》中，《爱罗先珂君》曾收入晨报本《自己的园地》，《〈镜花缘〉》《心中》曾收入北新本《自己的园地》，《苍蝇》《〈雨天的书〉序》《故乡的野菜》《北京的茶食》《吃茶》《苦雨》《死之默想》《唁辞》则见于《雨天的书》。二十一篇中，与前出文集重复的超过了半数。

文集本不当篇目重复，但如果是选本，则重复乃是当然。《泽泻集》便是一本作者的自选集，序文中道：“自己觉得比较地中意，能够表出一点当时的情思与趣味的，也还有三五篇，现在便把他搜集起来，作为《苦雨斋小书》之一。”话说得十分明白了。

本社一九八七年七月据北新本校订印行，此次仍据该版加校重版。

目　录

序

近几年来我才学写文章，但是成绩不很佳。因为出身贫贱，幼时没有好好地读过书，后来所学的本业又与文学完全无缘，想来写什么批评文字，非但是身分不相应，也实在是徒劳的事。这个自觉却是不久就得到，近来所写只是感想小篇，但使能够表得出我自己的一部分，便已满足，绝无载道或传法的意思。有友人问及，在这一类随便写的文章里有哪几篇是最好的，我惭愧无以应，但是转侧一想，虽然够不上说好，自己觉得比较地中意，能够表出一点当时的情思与趣味的，也还有三五篇，现在便把他搜集起来，作为《苦雨斋小书》之一。

戈尔特堡（Isaac Goldberg）批评蔼理斯（Havelock Ellis）说，在他里面有一个叛徒与一个隐士，这句话说得最妙：并不是我想援蔼理斯以自重，我希望在我的趣味之文里也还有叛徒活着。我毫不踌躇地将这册小集同样地荐于中国现代的叛徒与隐士们之前。

至于书名泽泻，那也别无深意，——并不一定用《楚辞》的“筐泽泻以豹鞹兮”的意思，不过因为喜欢这种小草，所以用作书名罢了。在日本的“纹章”里也有泽泻，现在就借用这个图案放在卷首。

十六年八月七日，于北京。

苍蝇

苍蝇不是一件很可爱的东西，但我们在做小孩子的时候都有点喜欢他。我同兄弟常在夏天乘大人们午睡，在院子里弃着香瓜皮瓤的地方捉苍蝇，——苍蝇共有三种，饭苍蝇太小，麻苍蝇有蛆太脏，只有金苍蝇可用。金苍蝇即青蝇，小儿谜中所谓“头戴红缨帽身穿紫罗袍”者是也。我们把他捉来，摘一片月季花的叶，用月季的刺钉在背上，便见绿叶在桌上蠕蠕而动，东安市场有卖纸制各色小虫者，标题云“苍蝇玩物”，即是同一的用意。我们又把他的背竖穿在细竹丝上，取灯心草一小段放在脚的中间，他便上下颠倒的舞弄，名曰“嬉棍”；又或用白纸条缠在肠上纵使飞去，但见空中一片片的白纸乱飞，很是好看。倘若捉到一个年富力强的苍蝇，用快剪将头切下，他的身子便仍旧飞去。希腊路吉亚诺思（Lukianos）的《苍蝇颂》中说，“苍蝇在被切去了头之后，也能生活好些时光”，大约二千年前的小孩已经是这样的玩耍的了。

我们现在受了科学的洗礼，知道苍蝇能够传染病菌，因此对于他们很有一种恶感。三年前卧病在医院时曾作有一首诗，后半云：

大小一切的苍蝇们，
美和生命的破坏者，
中国人的好朋友的苍蝇们呵，
我诅咒你的全灭，
用了人力以外的，
最黑最黑的魔术的力。

但是实际上最可恶的还是他的别一种坏癖气，便是喜欢在人家的颜面手脚上乱爬乱舔，古人虽美其名曰“吸美”，在被吸者却是极不愉快的事。希腊有一篇传说说明这个缘起，颇有趣味。据说苍蝇本来是一个处女，名叫默亚（Muia），很是美丽，不过太喜欢说话。她也爱那月神的情人恩迭米盎（Endymion），当他睡着的时候，她总还是和他讲话或唱歌，弄得他不能安息，因此月神发怒，使她变成苍蝇。以后她还是记念着恩迭米盎，不肯叫人家安睡，尤其是喜欢搅扰年青的人。

苍蝇的固执与大胆，引起好些人的赞叹。诃美洛思（Homeros）在史诗中尝比勇士于苍蝇，他说，虽然你赶他去，他总不肯离开你，一定要叮你一口方才罢休。又有诗人云，那小苍蝇极勇敢地跳在人的肢体上，渴欲饮血，战士却躲避敌人的刀锋，真可羞了。我们侥幸不大遇见渴血的勇士，但勇敢地攻上来舐我们的头的却常常遇到。法勃耳（Fabre）的《昆虫记》里说有一种蝇，乘土蜂负虫入穴之时，下卵于虫内，后来蝇卵先出，把死虫和蜂卵一并吃下去。他说这种蝇的行为好像是一个红巾黑衣的暴客在林中袭击旅人，但是他的剽悍敏捷的确也可佩服，倘使希腊人知道，或者可以拿去形容阿迭修思（Odysseus）一流的狡狯英雄罢。

中国古来对于苍蝇似乎没有什么反感。《诗经》里说："营营青蝇，止于樊。岂弟君子，无信谗言。"又云："非鸡则鸣，苍蝇之声。"据陆农师说，青蝇善乱色，苍蝇善乱声，所以是这样说法。传说里的苍蝇，即使不是特殊良善，总之决不比别的昆虫更为卑恶。在日本的俳谐中则蝇成为普通的诗料，虽然略带湫秽的气色，但很能表出温暖热闹的境界。小林一茶更为奇特，他同圣芳济一样，以一切生物为弟兄朋友，苍蝇当然也是其一。检阅他的俳句选集，咏蝇的诗有二十首之多，今举两首以见一斑。一云：

笠上的苍蝇，比我更早地飞进去了。

这诗有题曰《归庵》。又一首云：

不要打哪，苍蝇搓他的手，搓他的脚呢。

我读这一句，常常想起自己的诗觉得惭愧，不过我的心情总不能达到那一步，所以也是无法。《埤雅》云，“蝇好交其前足，有绞绳之象，……亦好交其后足”，这个描写正可作前句的注解。又绍兴小儿谜语歌云：

像乌豇豆格乌，像乌豇豆格粗，堂前当中央，坐得拉胡须。

也是指这个现象。（格犹云“的”，坐得即“坐着”之意。）

据路吉亚诺思说，古代有一个女诗人，慧而美，名叫默亚，又有一个名妓也以此为名，所以滑稽诗人有句云：“默亚咬他直达他的心房。”中国人虽然永久与苍蝇同桌吃饭，却没有人拿苍蝇作为名字，以我所知只有一二人被用为诨名而已。

（十三年，七月）

《镜花缘》

我的祖父是光绪初年的翰林，在二十年前已经故去了，他不曾听到国语文学这些名称，但是他的教育法却很特别。他当然仍教子弟学做时[①]文，唯第一步的方法是教人自由读书，尤其是奖励读小说，以为最能使人“通”，等到通了之后，再弄别的东西便无所不可了。他所保举的小说，是《西游记》《镜花缘》《儒林外史》这几种，这也就是我最初所读的书。(以前也曾念过《四子全书》，不过那只是“念”罢了。)

我幼年时候所最喜欢的是《镜花缘》。林之洋的冒险，大家都是赏识的，但是我所爱的是多九公，因为他能识得一切的奇事和异物。对于神异故事之原始的要求，长在我们的血脉里，所以《山海经》《十洲记》《博物志》之类千馀年前的著作，在现代人的心里仍有一种新鲜的引力：九头的鸟，一足的牛，实在是荒唐无稽的话，但又是怎样的愉快呵。《镜花缘》中飘海的一部分，就是这些分子的近代化，我想凡是能够理解荷马史诗《阿迭绥亚》的趣味的，当能赏识这荒唐的故事。

有人要说，这些荒唐的话即是诳话。我当然承认。但我要说明，以欺诈的目的而为不实之陈述者才算是可责，单纯的——为说诳而说的诳话，至少在艺术上面，没有是非之可言。向来大家都说小孩喜说诳话，是作贼的始基，现代的研究才知道并不如此。小孩的诳话大都是空想的表现，可以说是艺术的创造；他说我今天看见一条有角的红蛇，决不是想因此行诈得到什么利益，实在只是创作力的活动，用了平常的材料，组成特异的事物，以自娱乐。叙述自己想像的产物，与叙述现世的实生活是同一的真实，因为经验并不限于官能的一方面。我们要小孩诚实，但这当推广到使他并诚实于自己的空想。诳话的坏处在于欺蒙他人，单纯的诳话则只是欺蒙自己，他人也可以被其欺蒙——不过被欺蒙到梦幻的美里去，这当然不能算是什么坏处了。

王尔德有一篇对话，名 *The Decay of Lying*（《说诳的衰颓》），很叹息于艺术的堕落。《狱中记》译者的序论里把 Lying 译作“架空”，仿佛是忌避说诳这一个字（日本也是如此），其实有什么要紧。王尔德哪里会有忌讳呢？他说文艺上所重要者是“讲美的而实际上又没有的事”，这就是说诳。但是他虽然这样说，实行上却还不及他的同乡丹绥尼：“这世界在歌者看来，是为了梦想者而造的”，正是极妙的赞语。科伦（P. Colum）在丹绥尼的《梦想者的故事》的序上说：

> 他正如这样的一个人，走到猎人的寓居里，说道，你们看这月亮很奇怪。我将告诉你，月亮是怎样做的，又为什么而做的。既然告诉他们月亮的事情之后，他又接续着讲在树林那边的奇异的都市，和在独角兽的角里的珍宝。倘若别人责他专讲梦想与空想给人听，他将回答说，我是在养活他们的惊异的精神，惊异在人是神圣的。
>
> 我们在他的著作里几乎不能发见一点社会的思想。但是，却有一个在那里，这便是一种对于减缩人们想像力的一切事物，——对于凡俗的都市，对于商业的实利，对于从物质的组织所发生的文化之严厉的敌视。

梦想是永远不死的。在恋爱中的青年与在黄昏下的老人都有他的梦想，虽然她们的颜色不同。人之子有时或者要反叛她，但终究还回到她的怀中来。我们读王尔德的童话，赏识他种种好处，但是《幸福的王子》和《渔夫与其魂》里的叙述异景总要算是最美之一了。我对于《镜花缘》，因此很爱他那飘洋的记述。我也爱《呆子伊凡》或《麦加尔的梦》，然而我或者更幼稚地爱希腊神话。

记得《聊斋志异》卷头有一句诗道，“姑妄[2]言之姑听之”，这是极妙的话。《西游记》《封神传》以及别的荒唐的话（无聊的模拟除外），在这一点上自有特别的趣味，不过这也是对于所谓受戒者（The Initiated）而言，不是一般的说法，更非所论于那些心思已入了牛角弯[3]的人们。他们非用纪限仪显微镜来测看艺术，便对着画钟馗供香华灯烛；在他们看来，则《镜花缘》若不是可恶的妄语必是一部信史了。

【锺校】

①“时”原作“诗”。

②“妄”原作“忘”。

③“弯”原作“湾”。

《雨天的书》序

今年冬天特别的多雨，因为是冬天了，究竟不好意思倾盆的下，只是蜘蛛丝似的一缕缕的洒下来。雨虽然细得望去都看不见，天色却非常阴沉，使人十分气闷。在这样的时候，常引起一种空想，觉得如在江村小屋里，靠着玻璃窗，烘着白炭火钵，喝清茶，同友人谈闲话，那是颇愉快的事。不过这些空想当然没有实现的希望，再看天色，也就愈觉得阴沉。想要做点正经的工作，心思散漫，好像是出了气的烧酒，一点味道都没有，只好随便写一两行，并无别的意思，聊以对付这雨天的气闷光阴罢了。

冬雨是不常有的，日后不晴也将变成雪霰了。但是在晴雪明朗的时候，人们的心里也会有雨天，而且阴沉的期间或者更长久些，因此我这雨天的随笔也就常有续写的机会了。

一九二三年十一月五日，在北京。

《陶庵梦忆》序

平伯将重刊《陶庵梦忆》，叫我写一篇序，因为我从前是越人。

光绪二十三年（一八九七年）祖父因事系杭州府狱，我跟着宋姨太太住在花牌楼，每隔两三天去看他一回，就在那里初次见到《梦忆》，是《砚云甲编》本，其中还有《长物志》及《槎上老舌》也是我那时所喜欢的书。

张宗子的著作似乎很多，但《梦忆》以外，我只见过《於越三不朽图赞》《琅嬛文集》《西湖梦寻》三种，他所选的《一卷冰雪文》曾在大路的旧书店中见过，因索价太昂未曾买得。我觉得《梦忆》最好，虽然文集里也有些好文章，如《梦忆》的纪泰山几乎就是《岱志》的节本，其写人物的几篇也与《五异人传》有许多相像。《三不朽》是他的遗民气的具体的表现，有些画像如姚长子等未免有点可疑，但别的大人物恐怕多有所本，我看王谑庵像觉得这是不可捏造的，因为它很有点儿个性。

《梦忆》大抵都是很有趣味的。对于“现在”，大家总有点不满足，而且此身在情景之中，总是有点迷惘似的，没有玩味的馀暇，所以人多有逃现世之倾向，觉得只有梦想或是回忆是最甜美的世界。讲乌托邦的是在做着满愿的昼梦，老年人记起少时的生活也觉得愉快，不，即是昨夜的事情也要比今日有趣：这并不一定由于什么保守，实在是因为这些过去才经得起我们慢慢地抚摩赏玩，就是要加减一两笔也不要紧。遗民的感叹也即属于此类，不过它还要深切些，与白发宫人说天宝遗事还有点不同，或者好比是寡妇的追怀罢。

《梦忆》是这一流文字之佳者，而所追怀者又是明朝的事，更令我觉得有意思。我并不是因为民族革命思想的影响，特别对于明朝有什么情分，老实说，只是不相信清朝人——有那一条辫发拖在背后会有什么风雅，正如缠足的女人我不相信会是美人。

《梦忆》所记的多是江南风物，绍兴事也居其一部分，而这又是与我所知道的是多么不同的一个绍兴。会稽虽然说是禹域，到底还是一个偏隅小郡，终不免是小家子相的。讲到名胜地方原也不少，如大禹的陵，平水，蔡中郎的柯亭，王右军的戒珠寺，兰亭等，此外就是平常的一山一河，也都还可随便游玩，得少佳趣，倘若你有适当的游法。但张宗子是个都会诗人，他所注意的是人事而非天然，山水不过是他所写的生活的背景。说到这一层，我记起《梦忆》的一二则，对于绍兴实在不胜今昔之感。

明朝人即使别无足取，他们的狂至少总是值得佩服的，这一种狂到现今就一点儿都不存留了。不知从什么时候起的，绍兴的风水变了的缘故罢，本地所出的人才几乎限于师爷与钱店官这两种，专以苛细精干见长，那种豪放的气象已全然消灭，那种走遍天下找寻《水浒传》脚色的气魄已没有人能够了解，更不必说去实行了。他们的确已不是明朝的败家子，却变成了乡下的土财主，这不知到底是祸是福！“城郭如故人民非”，我看了《梦忆》之后不禁想起仙人丁令威的这句诗来。

张宗子的文章是颇有趣味的，这也是使我喜欢《梦忆》的一个缘由。我常这样想，现代的散文在新文学中受外国的影响最少，这与其说是文学革命的还不如说是文艺复兴的产物，虽然在文学发达的程途上复兴与革命是同一样的进展。在理学与古文没有全盛的时候，抒情的散文也已得到相当的长发，不过在学士大夫眼中自然也不很看得起。我们读明清有些名士派的文章，觉得与现代文的情趣几乎一致，思想上固然难免有若干距离，但如明人所表示的对于礼法的反动则又很有现代的气息了。

张宗子是大家子弟，《明遗民传》称其“衣冠揖让，绰有旧人风轨”，不是要讨人家欢喜的山人，他的洒脱的文章大抵出于性情的流露，读去不会令人生厌。《梦忆》可以说是他文集的选本，除了那些故意用的怪文句，我觉得有几篇真写得不坏，倘若我自己能够写得出一两篇，那就十分满足了。但这是歆羡不来，学不来的。

平伯将重刊《陶庵梦忆》，这是我所很赞成的：这回却并不是因为我从前是越人的缘故，只因《梦忆》是我所喜欢的一部书罢了。

民国十五年十一月五日，于京兆宛平。

故乡的野菜

我的故乡不止一个，我住过的地方都是故乡。故乡对于我并没有什么特别的情分，只因钓于斯游于斯的关系，朝夕会面，遂成相识，正如乡村里的邻舍一样，虽然不是亲属，别后有时也要想念到他。我在浙东住过十几年，南京东京都住过六年，这都是我的故乡；现在住在北京，于是北京就成了我的家乡了。

日前我的妻往西单市场买菜回来，说起有荠菜在那里卖着，我便想起浙东的事来。荠菜是浙东人春天常吃的野菜，乡间不必说，就是城里只要有后园的人家都可以随时采食，妇女小儿各拿一把剪刀一只“苗篮”，蹲在地上搜寻，是一种有趣味的游戏的工作。那时小孩们唱道：“荠菜马兰头，姊姊嫁在后门头。”后来马兰头有乡人拿来进城售卖了，但荠菜还是一种野菜，须得自家去采。关于荠菜向来颇有风雅的传说，不过这似乎以吴地为主。《西湖游览志》云：“三月三日男女皆戴荠菜花。谚云，三春戴荠花，桃李羞繁华。”顾禄的《清嘉录》上亦说：

> 荠菜花俗呼野菜花，因谚有三月三蚂蚁上灶山之语，三日人家皆以野菜花置灶陉上，以厌虫蚁。侵晨村童叫卖不绝。或妇女簪髻上以祈清目，俗号眼亮花。

但浙东人却不很理会这些事情，只是挑来做菜或炒年糕吃罢了。

黄花麦果通称鼠曲草，系菊科植物，叶小微圆互生，表面有白毛，花黄色，簇生梢头。春天采嫩叶，捣烂去汁，和粉作糕，称黄花麦果糕。小孩们有歌赞美之云：

> 黄花麦果韧结结，
> 关得大门自要吃：
> 半块拿弗出，一块自要吃。

清明前后扫墓时，有些人家——大约是保存古风的人家——用黄花麦果作供，但不作饼状，做成小颗如指顶大，或细条如小指，以五六个作一攒，名曰茧果，不知是什么意思，或因蚕上山时设祭，也用这种食品，故有是称，亦未可知。自从十二三岁时外出不参与外祖家扫墓以后，不复见过茧果，近来住在北京，也不再见黄花麦果的影子了。日本称作“御形”，与荠菜同为春的七草之一，也采来做点心用，状如艾饺，名曰“草饼”，春分前后多食之，在北京也有，但是吃去总是日本风味，不复是儿时的黄花麦果糕了。

扫墓时候所常吃的还有一种野菜，俗名草紫，通称紫云英，农人在收获后，播种田内，用作肥料，是一种很被贱视的植物，但采取嫩茎瀹食，味颇鲜美，似豌豆苗。花紫红色，数十亩接连不断，一片锦绣，如铺着华美的地毯，非常好看，而且花朵状若胡蝶，又如鸡雏，尤为小孩所喜。间有白色的花，相传可以治痢，很是珍重，但不易得。日本《俳句大辞典》云：“此草与蒲公英同是习见的东西，从幼年时代便已熟识。在女人里边，不曾采过紫云英的人，恐未必有罢。”中国古来没有花环，但紫云英的花球却是小孩常玩的东西，这一层我还替那些小人们欣幸的。浙东扫墓用鼓吹，所以少年常随了乐音去看“上坟船里的姣姣”；没有钱的人家虽没有鼓吹，但是船头上篷窗下总露出些紫云英和杜鹃的花束，这也就是上坟船的确实的证据了。

（十三年二月）

北京的茶食

在东安市场的旧书摊上买到一本日本文章家五十岚力的《我的书翰》，中间说起东京的茶食店的点心都不好吃了，只有几家如上野山下的“空也”，还做得好点心，吃起来馅和糖及果实浑然融合，在舌头上分不出各自的味来。想起德川时代江户的二百五十年的繁华，当然有这一种享乐的流风馀韵留传到今日，虽然比起京都来自然有点不及。北京建都已有五百馀年之久，论理于衣食住方面应有多少精微的造就，但实际似乎并不如此，即以茶食而论，就不曾知道什么特殊的有滋味的东西。固然我们对于北京情形不甚熟悉，只是随便撞进一家饽饽铺里去买一点来吃，但是就撞过的经验来说，总没有很好吃的点心买到过。难道北京竟是没有好的茶食，还是有而我们不知道呢？这也未必全是为贪口腹之欲，总觉得住在古老的京城里吃不到包含历史的精炼的或颓废的点心是一个很大的缺限。北京的朋友们，能够告诉我两三家做得上好点心的饽饽铺么？

我对于二十世纪的中国货色，有点不大喜欢，粗恶的模仿品，美其名曰国货，要卖得比外国货更贵些。新房子里卖的东西，便不免都有点怀疑，虽然这样说好像遗老的口吻，但总之关于风流享乐的事我是颇迷信传统的。我在西四牌楼以南走过，望着“异馥斋”的丈许高的独木招牌，不禁神往，因为这不但表示他是义和团以前的老店，那模糊阴暗的字迹又引起我一种焚香静坐的安闲而丰腴的生活的幻想。我不曾焚过什么香，却对于这件事很有趣味，然而终于不敢进香店去，因为怕他们在香合上已放着花露水与日光皂了。**我们于日用必需的东西以外，必须还有一点无用的游戏与享乐，生活才觉得有意思。**我们看夕阳，看秋河，看花，听雨，闻香，喝不求解渴的酒，吃不求饱的点心，都是生活上必要的——虽然是无用的装点，而且是愈精炼愈好。可怜现在的中国生活，却是极端地干燥粗鄙，别的不说，我在北京彷徨了十年，终未曾吃到好点心。

（十三年二月）

吃茶

前回徐志摩先生在平民中学讲“吃茶”，——并不是胡适之先生所说的“吃讲茶”，——我没有工夫去听，又可惜没有见到他精心结构的讲稿，但我推想他是在讲日本的“茶道”（英文译作 Teaism），而且一定说的很好。茶道的意思，用平凡的话来说，可以称作“忙里偷闲，苦中作乐”，在不完全的现世享乐一点美与和谐，在刹那间体会永久，是日本之“象征的文化”里的一种代表艺术。关于这一件事，徐先生一定已有透彻巧妙的解说，不必再来多嘴，我现在所想说的，只是我个人的很平常的喝茶观罢了。

喝茶以绿茶为正宗。红茶已经没有什么意味，何况又加糖——与牛奶？葛辛（George Gissing）的《草堂随笔》（原名 *Private Papers of Henry Ryecroft*）确是很有趣味的书，但冬之卷里说及饮茶，以为英国家庭里下午的红茶与黄油面包是一日中最大的乐事，支那饮茶已历千百年，未必能领略此种乐趣与实益的万分之一，则我殊不以为然。红茶带“土斯”未始不可吃，但这只是当饭，在肚饥时食之而已；我的所谓喝茶，却是在喝清茶，在赏鉴其色与香与味，意未必在止渴，自然更不在果腹了。中国古昔曾吃过煎茶及抹茶，现在所用的都是泡茶，冈仓觉三在《茶之书》（*Book of Tea*，1919）里很巧妙的称之曰“自然主义的茶”，所以我们所重的即在这自然之妙味。中国人上茶馆去，左一碗右一碗的喝了半天，好像是刚从沙漠里回来的样子，颇合于我的喝茶的意思（听说闽粤有所谓吃工夫茶者自然也有道理），只可惜近来太是洋场化，失了本意，其结果成为饭馆子之流，只在乡村间还保存一点古风，唯是屋宇器具简陋万分，或者但可称为颇有喝茶之意，而未可许为已得喝茶之道也。

喝茶当于瓦屋纸窗之下，清泉绿茶，用素雅的陶瓷茶具，同二三人共饮，得半日之闲，可抵十年的尘梦。喝茶之后，再去继续修各人的胜业，无论为名为利，都无不可，但偶然的片刻优游乃正亦断不可少。中国喝茶时多吃瓜子，我觉得不很适宜；喝茶时所吃的东西应当是清[1]淡的“茶食”。中国的茶食却变了“满汉饽饽”，其性质与“阿阿兜”相差无几，不是喝茶时所吃的东西了。日本的点心虽是豆米的成品，但那优雅的形色，朴素的味道，很合于茶食的资格，如各色的“羊羹”（据上田恭辅氏考据，说是出于中国唐时的羊肝饼）尤有特殊的风味。江南茶馆中有一种“干丝”，用豆腐干切成细丝，加姜丝酱油，重汤炖热，上浇麻油，出以供客，其利益为“堂倌”所独有。豆腐干中本有一种“茶干”，今变而为丝，亦颇与茶相宜。在南京时常食此品，据云有某寺方丈所制为最，虽也曾尝试，却已忘记，所记得者乃只是下关的江天阁而已。学生们的习惯，平常“干丝”既出，大抵不即食，等到麻油再加，开水重换之后，始行举箸，最为合式。因为一到即罄，次碗继至，不遑应酬，否则麻油三浇，旋即撤去，怒形于色，未免使客不欢而散，茶意都消了。

吾乡昌安门外有一处地方，名三脚桥（实在并无三脚，乃是三出，因以一桥而跨三汊的河上也），其地有豆腐店曰周德和者，制茶干最有名。寻常的豆腐干方约寸半，厚三分，值钱二文，周德和的价值相同，小而且薄，才及一半，黝黑坚实，如紫檀片。我家距三脚桥有步行两小时的路程，故殊不易得，但能吃到油炸者而已。每天有人挑担设炉镬，沿街叫卖，其词曰：

辣酱辣，麻油炸，

红酱搽，辣酱拓：

周德和格五香油炸豆腐干。

其制法如上所述，以竹丝插其末端，每枚值三文。豆腐干大小如周德和，而甚柔软，大约系常品，惟经过这样烹调，虽然不是茶食之一，却也不失为一种好豆食。——豆腐的确也是极东的佳妙的食品，可以有种种的变化，唯在西洋不会被领解，正如茶一般。

日本用茶淘饭，名曰“茶渍”，以腌菜及“泽庵”（即福建的黄土萝卜，日本泽庵法师始传此法，盖从中国传去）等为佐，很有清淡而甘香的风味。中国人未尝不这样吃，唯其原因，非由穷困即为节省，殆少有故意往清茶淡饭中寻其固有之味者，此所以为可惜也。

（十三年十二月）

【锺校】

①“清”原作“轻”。

谈酒

这个年头儿，喝酒倒是很有意思的。我虽是京兆人，却生长在东南的海边，是出产酒的有名地方。我的舅父和姑父家里时常做几缸自用的酒，但我终于不知道酒是怎么做法，只觉得所用的大约是糯米，因为儿歌里说，“老酒糯米做，吃得变 nionio”——末一字是本地叫猪的俗语。做酒的方法与器具似乎都很简单，只有煮的时候的手法极不容易，非有经验的工人不办，平常做酒的人家大抵聘请一个人来，俗称“酒头工”，以自己不能喝酒者为最上，叫他专管鉴定煮酒的时节。有一个远房亲戚，我们叫他“七斤公公”，——他是我舅父的族叔，但是在他家里做短工，所以舅母只叫他作“七斤老”，有时也听见她叫“老七斤”，是这样的酒头工，每年去帮人家做酒；他喜吸旱烟，说玩话，打马将，但是不大喝酒（海边的人喝一两碗是不算能喝，照市价计算也不值十文钱的酒），所以生意很好，时常跑一二百里路被招到诸暨嵊县去。据他说这实在并不难，只须走到缸边屈着身听，听见里边起泡的声音切切察察的，好像是螃蟹吐沫（儿童称为蟹煮饭）的样子，便拿来煮就得了；早一点酒还未成，迟一点就变酸了。但是怎么是恰好的时期，别人仍不能知道，只有听熟的耳朵才能够断定，正如骨董家的眼睛辨别古物一样。

大人家饮酒多用酒钟，以表示其斯文，实在是不对的。正当的喝法是用一种酒碗，浅而大，底有高足，可以说是古已有之的香宾杯。平常起码总是两碗，合一“串筒”，价值似是六文一碗。串筒略如倒写的凸字，上下部如一与三之比，以洋铁为之，无盖无嘴，可倒而不可筛，据好酒家说酒以倒为正宗，筛出来的不大好吃。唯酒保好于量酒之前先“荡”（置水于器内，摇荡而洗涤之谓）串筒，荡后往往将清水之一部分留在筒内，客嫌酒淡，常起争执，故喝酒老手必先戒堂倌以勿荡串筒，并监视其量好放在温酒架上。能饮者多索竹叶青，通称曰“本色”，“元红”系状元红之略，则着色者，唯外行人喜饮之。在外省有所谓花雕者，唯本地酒店中却没有这样东西。相传昔时人家生女，则酿酒贮花雕（一种有花纹的酒坛）中，至女儿出嫁时用以饷客，但此风今已不存，嫁女时偶用花雕，也只临时买元红充数，饮者不以为珍品。有些喝酒的人预备家酿，却有极好的，每年做醇酒若干坛，按次第埋园中，二十年后掘取，即每岁皆得饮二十年陈的老酒了。此种陈酒例不发售，故无处可买，我只有一回在旧日业师家里喝过这样好酒，至今还不曾忘记。

我既是酒乡的一个土著，又这样的喜欢谈酒，好像一定是个与“三酉”结不解缘的酒徒了。其实却大不然。我的父亲是很能喝酒的，我不知道他可以喝多少，只记得他每晚用花生米水果等下酒，且喝且谈天，至少要花费两点钟，恐怕所喝的酒一定很不少了。但我却是不肖，不，或者可以说有志未逮，因为我很喜欢喝酒而不会喝，所以每逢酒宴我总是第一个醉与脸红的。自从辛酉患病后，医生叫我喝酒以代药饵，定量是勃阑地每回二十格阑姆，蒲陶酒与老酒等倍之，六年以后酒量一点没有进步，到现在只要喝下一百格阑姆的花雕，便立刻变成关夫子了。（以前大家笑谈称作“赤化”，此刻自然应当谨慎，虽然是说笑话。）有些有不醉之量的，愈饮愈是脸白的朋友，我觉得非常可以欣羡，只可惜他们愈能喝酒便愈不肯喝酒，好像是美人之不肯显示她的颜色，这实在是太不应该了。

黄酒比较的便宜一点，所以觉得时常可以买喝，其实别的酒也未尝不好。白干于我未免过凶一点，我喝了常怕口腔内要起泡，山西的汾酒与北京的莲花白虽然可喝少许，也总觉得不很和善。日本的清酒我颇喜欢，只是仿佛新酒模样，味道不很静定。蒲桃酒与橙皮酒都很可口，但我以为最好的还是勃阑地。我觉得西洋人不很能够了解茶的趣味，至于酒则很有工夫，决不下于中国。天天喝洋酒当然是一个大的漏卮，正如吸烟卷一般，但不必一定进国货党，咬定牙根要抽净丝，随便喝一点什么酒其实都是无所不可的，至少是我个人这样的想。

喝酒的趣味在什么地方？这个我恐怕有点说不明白。有人说，酒的乐趣是在醉后的陶然的境界。但我不很了解这个境界是怎样的，因为我自饮酒以来似乎不大陶然过，不知怎的我的醉大抵都只是生理的，而不是精神的陶醉。所以照我说来，酒的趣味只是在饮的时候，我想悦乐大抵在做的这一刹那，倘若说是陶然，那也当是杯在口的一刻罢。醉了，困倦了，或者应当休息一会儿，也是很安舒的，却未必能说酒的真趣是在此间。昏迷，梦魇，呓语，或是忘却现世忧患之一法门；其实这也是有限的，倒还不如把宇宙性命都投在一口美酒里的耽溺之力还要强大。我喝着酒，一面也怀着“杞天之虑”，生恐强硬的礼教反动之后将引起颓废的风气，结果是借醇酒妇人以避礼教的迫害，沙宁（Sanin）时代的出现不是不可能的。但是，或者在中国什么运动都未必彻底成功，青年的反拨力也未必怎么强盛，那么杞天终于只是杞天，仍旧能够让我们喝一口非耽溺的酒也未可知。倘若如此，那时喝酒又一定另外觉得很有意思了罢？

（民国十五年六月二十日，于北京）

乌篷船

子荣君：

接到手书，知道你要到我的故乡去，叫我给你一点什么指导。老实说，我的故乡，真正觉得可怀恋的地方，并不是那里；但是因为在那里生长，住过十多年，究竟知道一点情形，所以写这一封信告诉你。

我所要告诉你的，并不是那里的风土人情，那是写不尽的，但是你到那里一看也就会明白的，不必啰唆地多讲。我要说的是一种很有趣的东西，这便是船。你在家乡平常总坐人力车，电车，或是汽车，但在我的故乡那里这些都没有，除了在城内或山上是用轿子以外，普通代步都是用船。船有两种，普通坐的都是"乌篷船"，白篷的大抵作航船用，坐夜航船到西陵去也有特别的风趣，但是你总不便坐，所以我也就可以不说了。乌篷船大的为"四明瓦"（Symenngoa），小的为脚划船（划读如 uoa），亦称小船。但是最适用的还是在这中间的“三道”，亦即三明瓦。篷是半圆形的，用竹片编成，中夹竹箬，上涂黑油；在两扇“定篷”之间放着一扇遮阳，也是半圆的，木作格子，嵌着一片片的小鱼鳞，径约一寸，颇有点透明，略似玻璃而坚韧耐用，这就称为明瓦。三明瓦者，谓其中舱有两道，后舱有一道明瓦也。船尾用橹，大抵两支，船首有竹篙，用以定船。船头着眉目，状如老虎，但似在微笑，颇滑稽而不可怕，唯白篷船则无之。三道船篷之高大约可以使你直立，舱宽可以放下一顶方桌，四个人坐着打马将，——这个恐怕你也已学会了罢？小船则真是一叶扁舟，你坐在船底席上，篷顶离你的头有两三寸，你的两手可以搁在左右的舷上，还把手都露出在外边。在这种船里仿佛是在水面上坐，靠近田岸去时泥土便和你的眼鼻接近，而且遇着风浪，或是坐得少不小心，就会船底朝天，发生危险，但是也颇有趣味，是水乡的一种特色。不过你总可以不必去坐，最好还是坐那三道船罢。

你如坐船出去，可是不能像坐电车的那样性急，立刻盼望走到。倘若出城，走三四十里路（我们那里的里程是很短，一里才及英哩三分之一），来回总要预备一天。你坐在船上，应该是游山的态度，看看四周物色，随处可见的山，岸旁的乌桕，河边的红蓼和白蘋，渔舍，各式各样的桥，困倦的时候睡在舱中拿出随笔来看，或者冲一碗清茶喝喝。偏门外的鉴湖一带，贺家池，壶觞左近，我都是喜欢的，或者往娄公埠骑驴去游兰亭（但我劝你还是步行，骑驴或者于你不很相宜），到得暮色苍然的时候进城上都挂着薜荔的东门来，倒是颇有趣味的事。倘若路上不平静，你往杭州去时可于下午开船，黄昏时候的景色正最好看，只可惜这一带地方的名字我都忘记了。夜间睡在舱中，听水声橹声，来往船只的招呼声，以及乡间的犬吠鸡鸣，也都很有意思。雇一只船到乡下去看庙戏，可以了解中国旧戏的真趣味，而且在船上行动自如，要看就看，要睡就睡，要喝酒就喝酒，我觉得也可以算是理想的行乐法。只可惜讲维新以来这些演剧与迎会都已禁止，中产阶级的低能人别在“布业会馆”等处建起“海式”的戏场来，请大家买票看上海的猫儿戏。这些地方你千万不要去。——你到我那故乡，恐怕没有一个人认得，我又因为在教书不能陪你去玩，坐夜船，谈闲天，实在抱歉而且惆怅。川岛君夫妇现在偁山下，本来可以给你绍介，但是你到那里的时候他们恐怕已经离开故乡了。初寒，善自珍重，不尽。

十五年十[1]一月十八日夜，于北京。

【锺校】

①原漏“十”字，今增。此文初刊于1926年11月27日《语丝》。

苦雨

伏园兄：

北京近日多雨，你在长安道上不知也遇到否，想必能增你旅行的许多佳趣。雨中旅行不一定是很愉快的，我以前在杭沪车上时常遇雨，每感困难，所以我于火车的雨不能感到什么兴味，但卧在乌篷船里，静听打篷的雨声，加上欸[①]乃的橹声，以及“靠塘来，靠下去”的呼声，却是一种梦似的诗境。倘若更大胆一点，仰卧在脚划小船内，冒雨夜行，更显出水乡住民的风趣，虽然较为危险，一不小心，拙劣地转一个身，便要使船底朝天。二十多年前往东浦吊先父的保姆之丧，归途遇暴风雨，一叶扁舟在白鹅似的波浪中间滚过大树港，危险极也愉快极了。我大约还有好些“为鱼”时候——至少也是断发文身时候的脾气，对于水颇感到亲近，不过北京的泥塘似的许多“海”实在不很满意，这样的水没有也并不怎么可惜。你往

"陕半天"去似乎要走好几[2]天的准沙漠路，在那时候倘若遇见风雨，大约是很舒服的，遥想你胡坐骡车中，在大漠之上，大雨之下，喝着四打之内的汽水，悠然进行，可以算是"不亦快哉"之一。但这只是我的空想，如诗人的理想一样地靠不住，或者你在骡车中遇雨，很感困难，正在叫苦连天也未可知，这须等你回京后问你再说了。

我住在北京，遇见这几天的雨，却叫我十分难过。北京向来少雨，所以不但雨具不很完全，便是家屋构造于防雨亦欠周密。除了真正富翁以外，很少用实垛砖墙，大抵只用泥墙抹灰敷衍了事。近来天气转变，南方酷寒而北方淫雨，因此两方面的建筑上都露出缺陷。一星期前的雨把后园的西墙淋坍，第二天就有"梁上君子"来摸索北房的铁丝窗，从次日起赶紧邀了七八位匠人，费两天工夫，从头改筑，已经成功十分八九，总算可以高枕而卧，前夜的雨却又将门口的南墙冲倒二三丈之谱。这回受惊的可不是我了，乃是川岛君"佢们"俩，因为"梁上君子"如再见光顾，一定是去躲在"佢们"的窗下窃听的了。为消除"佢们"的不安起见[3]，一等天气晴正，急须大举地修筑，希望日子不至于很久，这几天只好暂时拜托川岛君的老弟费神代为警护罢了。

前天十足下了一夜的雨，使我夜里不知醒了几遍。北京除了偶然有人高兴放几个爆仗以外，夜里总还安静，那样哗喇哗喇的雨声在我的耳朵已经不很听惯，所以时常被它惊醒，就是睡着也仿佛觉得耳边粘着面条似的东西，睡的很不痛快。还有一层，前天晚间据小孩们报告，前面院子里的积水已经离台阶不及一寸，夜里听着雨声，心里胡里胡涂地总是想水已上了台阶，浸入西边的书房里了。好容易到了早上五点钟，赤脚撑伞，跑到西屋一看，果然不出所料，水浸满了全屋，约有一寸深浅，这才叹了一口气，觉得放心了；倘若这样兴高采烈地跑去，一看却没有水，恐怕那时反觉得失望，没有现在那样的满足也说不定。幸而书籍都没有湿，虽然是没有什么价值的东西，但是湿成一饼一饼的纸糕，也很是不愉快。现今水虽已退，还留下一种涨过大水后的普通的臭味，固然不能留客坐谈，就是自己也不能在那里写字，所以这封信是在里边炕桌上写的。

这回的大雨，只有两种人最是喜欢。第一是小孩们。他们喜欢水，却极不容易得到，现在看见院子里成了河，便成群结队地去“淌河”去。赤了足伸到水里去，实在很有点冷，但他们不怕，下到水里还不肯上来。大人见小孩们玩的很有趣，也一个两个地加人，但是成绩却不甚佳，那一天里滑倒了三个人，其中两个都是大人，——其一为我的兄弟，其一是川岛君。第二种喜欢下雨的则为虾蟆。从前同小孩们往高亮桥去钓鱼钓不着，只捉了好些虾蟆，有绿的，有花条的，拿回来都放在院子里，平常偶叫几声，在这几天里便整日叫唤，或者是荒年之兆罢，却极有田村的风味。有许多耳朵皮嫩的人，很恶喧嚣，如麻雀虾蟆或蝉的叫声，凡足以妨碍他们的甜睡者，无一不痛恶而深绝之，大有欲灭此而午睡之意。我觉得大可以不必如此，随便听听都是很有趣味的，不但是这些久成诗料的东西，一切鸣声其实都可以听。虾蟆在水田里群叫，深夜静听，往往变成一种金属音，很是特别，又有时仿佛是狗叫，古人常称蛙为吠蛤④，大约也是从实验而来。我们院子里的虾蟆现在只见花条的一种，它的叫声更不漂亮，只是格格格这个叫法，可以说是革音，平常自一声至三声，不会更多，唯在下雨的早晨，听它一口气叫上十二三声，可见它是实在喜欢极了。

这一场大雨恐怕在乡下的穷朋友是很大的一个不幸，但是我不曾亲见，单靠想像是不中用的，所以我不去虚伪地代为悲叹了。倘若有人说这所记的只是个人的事情，于人生无益，我也承认，我本来只想说个人的私事，此外别无意思。今天太阳已经出来，傍晚可以出外去游嬉，这封信也就不再写下去了。

我本等着看你的秦游记，现在却由我先写给你看，这也可以算是“意表之外”的事罢。

十三年七月十七日在京城书。

【锺校】

①“欸”原作“款”。

②“几”原作“两”。

③“见”原作“来”。

【鄢校】

④“蛙为吠蛤”原作“蛙蛤为吠”。清朱骏声通训《说文》“蛙”：“扬州谓之水鸡，亦曰吠蛤，言其声阁阁也。”

爱罗先珂君

一

爱罗君于三日出京了。他这回是往芬兰赴第十四次万国世界语大会去的，九月里还要回来，所以他的琵琶长靴以及被褥都留在中国，没有带走。但是这飘泊的诗人能否在中国的大沙漠上安住，是否运命不指示他去上别的巡礼的长途，觉得难以断定，所以我们在他回来以前不得不暂且认他是别中国而去。

爱罗君是世界主义者，他对于久别的故乡却怀着十分迫切的恋慕，这虽然一见似乎是矛盾，却很能使我们感到深厚的人间味。他与家中的兄姊感情本极平常，而且这回只在莫思科暂时逗留，不能够下乡去，他们也没有出来相会的自由，然而他的乡愁总是很强，总想去一亲他的久别的“俄罗斯母亲”。他费了几礼拜之力，又得他的乡人柏君的帮助，二十几条的策问总算及格，居然得到了在北京的苏俄代表的许可，可以进俄国去了。又因京奉铁道不通，改从大连绕道赴奉天，恐怕日本政府又要麻烦，因了北京的清水君的尽力，请日本公使在旅行券上签字，准其通过大连长春一带。赴世界语大会的证明书也已办妥，只有中国护照尚未发下，议定随后给他寄往哈尔滨备用，诸事都已妥帖，他遂于三日由东站出京了。

京津车是照例的拥挤，爱罗君和同行的两个友人因为迟到了一点，——其实还在开车五十分前，已经得不到一个坐位了。幸而前面有一辆教育改进社赴济南的包车，其中有一位尹君，我们有点认识，便去和他商量，承他答应，于是爱罗君有了安坐的地方，得以安抵天津，这是很可感谢的。到了天津之后，又遇见陈大悲君，得到许多照应，这京津一路在爱罗君总可说是幸运的旅行了。

他于四日乘长平丸从天津出发，次日下午抵大连。据十一日《晨报》上大连通讯，他却在那时遇着一点“小厄”。当船到埠的时候，他和同行友人上海的清水君，一并被带往日本警察署审问。清水君即被监禁，他只“拘留半日”，总算释放了。听说从天津起便已有日本便衣警察一路跟着他，释放以后也仍然跟着一直到哈尔滨去。他拿着日本全权公使的通过许可，所以在大连只被拘留半日，大约还是很侥幸的罢！清水君便监禁了三天，至七日夜里才准他往哈尔滨去，——当然也被警察跟着。他们几时到哈尔滨，路上和在那里是什么情形，我还没有得到信息，只能凭空的愿望他的平安罢。

爱罗君在中国的时候，政府不曾特别注意，这实在是很聪明的处置，虽然谢米诺夫派的“B 老爷”以及少数的人颇反对他。其实他决不是什么危险人物，这是从他作品谈话行动上可以看出来的。他怀着对于人类的爱与对于社会的悲，常以冷隽的言词，热烈的情调，写出他的爱与憎，因此遭外国资本家政府之忌，但这不过是他们心虚罢了。他毕竟还是诗人，他的工作只是唤起人们胸中的人类的爱与社会的悲，并不是指挥人去行暴动或别的政治运动；他的世界是童话似的梦的奇境，并不是共产或无政府的社会。他承认现代流行的几种主义未必能充分的实现，阶级争斗难以彻底解决一切问题，但是他并不因此而是认现社会制度，他以过大的对于现在的不平，造成他过大的对于未来的希望，——这个爱的世界正与别的主义各各的世界一样的不能实现，因为更超过了他们了。想到太阳里去的雕，求理想的自由的金丝雀，想到地面上来的土拨鼠，都是向往于诗的乌托邦的代表者。诗人的空想与一种社会改革的实行宣传不同，当然没有什么危险，而且正当的说来，这种思想很有道德的价值，于现今道德颠倒的社会尤极有用，即使艺术上不能与托尔斯泰比美，也可以说是同一源泉的河流罢。

以上是我个人的感想，顺便说及。我希望这篇小文只作为他的芬兰旅行的纪念，到了秋天，他回来沙漠上弹琵琶，歌咏春天的力量，使我们有再听他歌声的机会。

[附记] 爱罗君这个名称，一个朋友曾对我说以为不妥，但我们平常叫他都是如此，所以现在仍旧沿用了。

（一九二二年七月十四日）

二

十月已经过去了，爱罗君还未回来。莫非他终于不回来了么？他曾说过，若是回来，十月末总可以到京；现在十月已过去了。但他临走时在火车中又说，倘若不来，当从芬兰打电报来通知；而现在也并没有电报到来。

他在北京只住了四个月，但早已感到沙漠上的枯寂了。我们所缺乏的，的确是心情上的润泽，然而不是他这敏感的不幸诗人也不能这样明显的感着，因为我们自己已经如仙人掌类似的习惯于干枯了。爱罗君虽然被日本政府驱逐出来，但他仍然怀恋着那“日出的国，花的国”的日本。初夏的一天下午，我同他在沟沿一带，踏着柔细的灰沙，在柳阴下走着，提起将来或有机会可以重往日本的话，他力说日本决不再准他去，但我因此却很明了地看出他的对于日本的恋慕。他既然这样的恋着日本，当然不能长久安住在中原的平野上的了。（这是趣味上的，并不是政治上的理由。）

他是一个世界主义者，但是他的乡愁却又是特别的深。他平常总穿着俄国式的上衣，尤其喜欢他的故乡乌克拉因式的刺绣的小衫——可惜这件衣服在敦贺的船上给人家偷了去了。他的衣箱里，除了一条在一日三浴的时候所穿，缅甸的筒形白布裤以外，可以说是没有外国的衣服。即此一件小事，也就可以想见他是一个真实的“母亲俄罗斯”的儿子。他对于日本正是一种情人的心情；但是失恋之后，只有母亲是最亲爱的人了。来到北京，不意中得到归国的机会，便急忙奔去，原是当然的事情。前几天接到英国达特来夫人寄来的三包书籍，拆开看时乃是七本神智学的杂志，名《送光明者》（*The Light-bringer*），却是用点字印出的：原来是爱罗君在京时所定，但等得寄到的时候，他却已走的无影无踪了。

爱罗君寄住在我们家里，两方面都很是随便，觉得没有什么窒碍的地方。我们既不把他做宾客看待，他也很自然的与我们相处：过了几时，不知怎的学会侄儿们的称呼，差不多自居于小孩子的辈分了。我的兄弟的四岁的男孩是一个很顽皮的孩子，他时常和爱罗君玩耍。爱罗君叫他的诨名道："土步公呀！"他也回叫道："爱罗金哥君呀！"但爱罗君极不喜欢这个名字，每每叹道："唉唉，真窘极了！"四个月来不曾这样叫，"土步公"已经忘记爱罗金哥君这一句话，而且连曾经见过一个"没有眼睛的人"的事情也几乎记不起来了。

有各处的友人来问我，爱罗君现在什么地方，我实在不能回答：在芬兰呢，在苏俄呢，在西伯利亚呢？有谁知道？我们只能凭空祝他的平安罢。他出京后没有一封信来过。或者因为没有人替他写信，或者因为他出了北京，便忘了北京了：他离去日本后，与日本友人的通信也很不多。——飘泊孤独的诗人，我想你自己的悲哀也尽够担受了，我希望你不要为了住在沙漠上的人们再添加你的忧愁的重担也罢。

（十一月一日）

三

爱罗君又出京了。他的去留，在现在的青年或者已经没有什么意义，未必有报告的必要，但是关于他的有一两件事应该略说一下，所以再来写这一篇小文。

爱罗君是一个诗人，他的思想尽管如何偏激，但事实上向不参加什么运动，至少住在我们家里的这一年内我相信是如此的。我们平常看见他于上课读书作文之外，只吃葡萄干梨膏糖和香蕉饼，或者偶往三贝子花园听老虎叫而已。虽然据该管区署的长官告诉我，他到京后，在北京的外国人有点惊恐，说那个著名的不安分的人来了，唯中国的官厅却不很以为意，这是我所同意而且很佩服的。但是自从大杉荣失踪的消息传出以后，爱罗君不意的得到好些麻烦。许多不相干的日本人用了电报咧，信咧，面会咧，都来问他大杉的行踪，其实他又不是北京的地总，当然也不会知道，然而那些不相干的人们，认定他是同大杉一起的，这是很明了的了。过了一个月之后，北京的官厅根据了日本方面的通告说有俄国盲人与大杉在北京为过激运动，着手查办，于是我们的巷口听说有人拿着大杉照片在那里守候，而我们家里也来了调查的人。

那位警官却信我的话，拿了我的一封保证信，说他并没有什么运动，而且也没有见到什么大杉，回去结案。我不解东京的侦探跟着大杉走了多少年，为什么还弄不清楚他是什么主义者，却会相信他到北京来做过激运动，真是太可笑了。现在好在爱罗君已经离京，巷口又抓不到大杉，中外仕商都可以请安心，而我的地主之责也总算两面都尽了。

爱罗君这回出发，原是他的预定计划，去年冬初回中国来路过奉天的时候，便对日本记者说起过的，不过原定暑假时去，现在却提前了两个月罢了。他所公表的提早回国的理由，是想到树林里去听故乡的夜莺，据说他的故乡哈耳珂夫的夜莺是欧洲闻名的，这或者真值得远路跑去一听。但据我的推想，还有一个小小的原因，便是世界语学者之寂寥。不怕招引热心于世界语运动的前辈的失望与不快，我不得不指点出北京——至少是北京——的世界语运动实在不很活泼。运动者尽管热心，但如没有响应，也是极无聊的。爱罗君是极爱热闹的人，譬如上教室去只听得很少的人在那里坐地，大约不是他所觉得高兴的事。世界语的俄国戏曲讲演，——《饥饿王》只讲了一次，——为什么中止了的呢，他没有说，但我想那岂不也为了教室太大了的缘故么。其实本来这在中国也算不得什么奇事，别的学者的讲演大约都不免弄到这样。爱罗君也说过，青年如不能在社会竖起脊梁去做事，尽可去吸麻醉剂去：所以大家倘若真是去吸鸦片吞金丹而不弄别的事情，我想爱罗君也当然决不见怪的，但在他自己总是太寂寞无聊了。与其在北京听沙漠的风声，自然还不如到树林中去听夜莺罢。因此对于他的出京，我们纵或不必觉得安心，但也觉得不能硬去挽留了。

寒假中爱罗君在上海的时候，不知什么报上曾说他因为剧评事件，被学生撵走了。这回恐怕又要有人说他因为大杉事件而被追放的罢。为抵当这些谣言起见，特地写了这一篇。

（一九二三年四月十七日）

死之默想

四世纪时希腊厌世诗人巴拉达思作有一首小诗（Polla laleis，anthrope——Palladas）道：[1]

你太饶舌了，人呵，不久将睡在地下；

住口罢，你生存时且思索那死。

这是很有意思的话。关于死的问题，我无事时也曾默想过（但不坐在树下，大抵是在车上），可是想不出什么来，——这或者因为我是个“乐天的诗人”的缘故吧。但其实我何尝一定崇拜死，有如曹慕管君，不过我不很能够感到死之神秘，所以不觉得有思索十日十夜之必要，于形而上的方面也就不能有所饶舌了。

窃察世人怕死的原因，自有种种不同，“以愚观之”可以定为三项，其一是怕死时的苦痛，其二是舍不得人世的快乐，其三是顾虑家族。苦痛比死还可怕，这是实在的事情。十多年前有一个远房的伯母，十分困苦，在十二月底想投河寻死（我们乡间的河是经冬不冻的），但是投了下去，她随即走了上来，说是因为水太冷了。有些人要笑她痴也未可知，但这却是真实的人情。倘若有人能够切实保证，诚如某生物学家所说，被猛兽咬死痒苏苏地很是愉快，我想一定有许多人裹粮入山去投身饲饿虎的了。可惜这一层不能担保，有些对于别项已无留恋的人因此也就不得不稍为踌躕了。

顾虑家族，大约是怕死的原因中之较小者，因为这还有救治的方法。将来如有一日，社会制度稍加改良，除施行善种的节制以外，大家不问老幼可以各尽所能，各取所需，凡平常衣食住，医药教育，均由公给，此上更好的享受再由个人的努力去取得，那么这种顾虑就可以不要，便是夜梦也一定平安得多了。不过我所说的原是空想，实现还不知在几十百千年之后，而且到底未必实现也说不定，那么也终是远水不救近火，没有什么用处。比较确实的办法还是设法发财，也可以救济这个忧虑。为得安闲的死而求发财，倒是很高雅的俗事；只是发财大不容易，不是我们都能做的事，况且天下之富人有了钱便反死不去，则此法亦颇有危险也。

人世的快乐自然是很可贪恋的，但这似乎只在青年男女才深切的感到，像我们将近“不惑”的人，尝过了凡人的苦乐，此外别无想做皇帝的野心，也就不觉得还有舍不得的快乐。我现在的快乐只是想在闲时喝一杯清茶，看点新书（虽然近来因为政府替我们储蓄，手头只有买茶的钱），无论他是讲虫鸟的歌唱，或是记贤哲的思想，古今的刻绘，都足以使我感到人生的欣幸。然而朋友来谈天的时候，也就放下书卷，何况“无私神女”（Atropos）的命令呢？我们看路上许多乞丐，都已没有生人乐趣，却是苦苦的要活着，可见快乐未必是怕死的重大原因：或者舍不得人世的苦辛也足以叫人留恋这个尘世罢。讲到他们，实在已是了无牵挂，大可“来去自由”，实际却不能如此，倘若不是为了上边所说的原因，一定是因为怕河水比彻骨的北风更冷的缘故了？

对于“不死”的问题，又有什么意见呢？因为少年时当过五六年的水兵，头脑中多少受了唯物论的影响，总觉得造不起“不死”这个观念来，虽然我很喜欢听荒唐的神话。即使照神话故事所讲，那种长生不老的生活我也一点儿都不喜欢。住在冷冰冰的金门玉阶的屋里，吃着五香牛肉一类的麟肝凤脯，天天游手好闲，不在松树下着棋，便同金童玉女厮混，也不见得有什么趣味，况且永远如此，更是单调而且困倦了。又听人说，仙家的时间是与凡人不同的，诗云“山中方七日，世上已千年”，所以烂柯山下的六十年在棋边只是半个时辰耳，哪里会有日子太长之感呢？但是由我看来，仙人活了二百万岁也只抵得人间的四十春秋，这样浪费时间无裨实际的生活，殊不值得费尽了心机去求得他；倘若二百万年后劫波到来，就此溘然，将被五十岁的凡夫所笑。较好一点的还是那西方凤鸟（Phoinix）的办法，活上五百年，便尔蜕去，化为幼凤，这样的轮回倒很好玩的，——可惜他们是只此一家，别人不能仿作。大约我们还只好在这被容许的时光中，就这平凡的境地中，寻得些须的安闲悦乐，即是无上幸福：至于“死后，如何?”的问题，乃是神秘派诗人的领域，我们平凡人对于成仙做鬼都不关心，于此自然就没有什么兴趣了。

（十三年十二月）

【锺校】

①括号中英文为小诗英文标题及作者名，原置于“道:”后。

唁辞

昨日傍晚，妻得到孔德学校的陶先生的电话，只是一句话，说："齐可死了——"齐可是那边的十年级学生，听说因患胆石症（?）往协和医院乞治，后来因为待遇不亲切，改进德国医院，于昨日施行手术，遂不复醒。她既是校中的高年级生，又天性豪爽而亲切，我家的三个小孩初上学校，都很受她的照管，好像是大姊一样。这回突然死别，孩子们虽然惊骇，却还不能了解失却他们老朋友的悲哀，但是妻因为时常往[1]校也和她很熟，昨日闻信后为茫然久之，一夜都睡不着觉，这实在是无怪的。

死总是很可悲的事，特别是青年男女的死，虽然死的悲痛不属于死者而在于生人。照常识看来，死是还了自然的债，与生产同样地严肃而平凡，我们对于死者所应表示的是一种敬意，犹如我们对于走到标竿下的竞走者，无论他是第一着或是中途跌过几交而最后走到。在中国现在这样状况之下，“死之赞美者”（Peisithanatos）的话未必全无意义，那么“年华虽短而忧患亦少”也可以说是好事，即使尚未能及未见日光者的幸福。然而在死者纵使真是安乐，在生人[2]总是悲痛。我们哀悼死者，并不一定是在体察他灭亡之苦痛与[3]悲哀，实在多是引动追怀，痛切地发生今昔存殁之感。无论怎样地相信神灭，或是厌世，这种感伤恐终不易摆脱。日本诗人小林一茶在《俺的春天》里记他的女儿聪女之死，有这几句：

……她遂于六月二十一日与蕣华同谢此世。母亲抱着死儿的脸荷荷的大哭，这也是难怪的了。到了此刻，虽然明知逝水不归，落花不再返枝，但无论怎样达观，终于难以断念的，正是这恩爱的羁绊。（诗以志哀）

“露水的世呀，
虽然是露水的世，
虽然是这样。”

虽然是露水的世，然而自有露水的世的回忆，所以仍多哀感。美忒林克在《青鸟》上有一句平庸的警句曰“死者生存在活人的记忆上”。齐女士在世十九年，在家庭学校，亲族友朋之间，当然留下许多不可磨灭的印象，随在足以引起悲哀。我们体念这些人的心情，实在不胜同情，虽然别无劝慰的话可说。死本是无善恶的，但是它加害于生人者却非浅鲜，也就不能不说它是恶的了。

我不知道人有没有灵魂，而且恐怕以后也永不会知道，但我对于希冀死后生活之心情觉得很能了解。人在死后倘尚有灵魂的存在如生前一般，虽然推想起来也不免有些困难不易解决，但因此不特可以消除灭亡之恐怖，即所谓恩爱的羁绊也可得到适当的安慰。人有什么不能满足的愿望，辄无意地投影于仪式或神话之上，正如表示在梦中一样。传说上李夫人杨贵妃的故事，民俗上童男女死后被召为天帝侍者的信仰，都是无聊之极思，却也是真的人情之美的表现：我们知道这是迷信，我确信这样虚幻的迷信里也自有美与善的分子存在。这于死者的家人亲友是怎样好的一种慰藉，倘若他们相信——只要能够相信，百岁之后，或者乃至梦中夜里，仍得与已死的亲爱者相聚，相见！然而，可惜我们不相应地受到了科学的灌洗，既失却先人可祝福的愚蒙，又没有养成画廊派哲人（Stoics）的超绝的坚忍，其结果是恰如牙根里露出的神经，因了冷风热气随时益增其痛楚。对于幻灭的现代人之遭逢不幸，我们于此更不得不特别表示同情之意。

我们小女儿若子生病的时候，齐女士很惦[4]念她；现在若子已经好起来，还没有到学校去和老朋友一见面，她自己却已不见了。日后若子回忆起来时，也当永远是一件遗恨的事吧。

（十四年五月二十六日夜）

【锺校】

①“往”《雨天的书》作“住”。

②“生人”《雨天的书》作“人生”。

③原无“苦痛与”三字，依《雨天的书》补。

④“惦”原作“怗”。

死法

“人皆有死”，这句格言大约是确实的，因为我们没有见过不死的人，虽然在书本上曾经讲过有这些东西，或称仙人，或是“尸忒卢耳不卢格”（Strulbrug），这都没有多大关系。不过我们既然没有亲眼见过，北京学府中静坐道友又都剩下蒲团下山去了，不肯给予凡人以目击飞升的机会，截至本稿上板时止本人遂不能不暂且承认上述的那句格言，以死为生活之最末后的一部分，犹之乎恋爱是中间的一部分，——自然，这两者有时并在一处的也有，不过这仍然不会打破那个原则，假如我们不相信死后还有恋爱生活。总之，死既是各人都有分的，那么其法亦可得而谈谈了。

统计世间死法共有两大类，一曰“寿终正寝”，二曰“死于非命”。寿终的里面又可以分为三部。一是老熟，即俗云灯尽油干，大抵都是“喜丧”，因为这种终法非八九十岁的老太爷老太太莫办，而伛们此时必已四世同堂，一家里拥上一两百个大大小小男男女女，实在有点住不开了，所以伊的出缺自然是很欢送的。二是猝毙，某一部机关发生故障，突然停止进行，正如钟表之断了发条，实在与磕破天灵盖没有多大差别，不过因为这是属于内科的，便是在外面看不出痕迹，故而也列入正寝之部了。三是病故，说起来似乎很是和善，实际多是那“秒生”（Bacteria）先生作的怪，用了种种凶恶的手段，谋害“蚁命”，快的一两天还算是慈悲，有些简直是长期的拷打，与“东厂”不相上下，那真是厉害极了。总算起来，一二都倒还没有什么，但是长寿非可幸求，希望心脏麻痹又与求仙之难无异，大多数人的运命还只是轮到病故，揆诸吾人避苦求乐之意实属大相径庭，所以欲得好的死法，我们不得不离开了寿终而求诸死于非命了。

非命的好处便是在于他的突然，前一刻钟明明是还活着的，后一刻钟就直挺地死掉了，即使有苦痛（我是不大相信）也只有这一刻，这是他的独门的好处。不过这也不能一概而论。十字架据说是罗马处置奴隶的刑具，把他钉在架子上，让他活活地饿死或倦死，约莫可以支撑过几天；茶毗是中世纪卫道的人对付异端的，不但当时烤得难过，随后还剩下些零星末屑，都觉得不很好。车边斤原是很爽利，是外国贵族的特权，也是中国好汉所欢迎的，但是孤另另的头像是一个西瓜，或是“柚子”，如一位友人在长沙所见，似乎不大雅观，因为一个人的身体太走了样了。吞金喝盐卤呢，都不免有点妇女子气，吃鸦片烟又太有损名誉了，被人叫做烟鬼，即使生前并不曾“与芙蓉城主结不解缘”。怀沙自沉，前有屈大夫，后有……，倒是颇有英气的，只恐怕泡得太久，却又不为鱼鳖所亲，像治咳嗽的“胖大海”似的，殊少风趣。吊死据说是很舒服（注意：这只是据说，真假如何我不能保证），有岛武郎与波多野秋子便是这样死的，有一个日本文人曾经半当真半取笑地主张，大家要自尽应当都用这个方法，可是据我看来也有很大的毛病。什么书上说有缢鬼降乩题诗云：

目如鱼眼四时开，身若悬旌终日挂。

（记不清了，待考；仿佛是这两句，实在太不高明，恐防是不第秀才做的。）又听说英国古时盗贼处刑，便让他挂在架上，有时风吹着骨节珊珊作响（这些话自然也未可尽信，因为盗贼不会都是锁子骨，然而“听说”如此，我也不好一定硬反对），虽然有点唐珊尼爵士（Lord Dunsany）小说的风味，总似乎过于怪异——过火一点。想来想去都不大好，于是乎最后想到枪毙。枪毙，这在现代文明里总可以算是最理想的死法了。他实在同丈八蛇矛嚓喇一下子是一样，不过更文明了，便是说更便利了，不必是张翼德也会使用，而且使用得那样地广和多！在身体上钻一个窟窿[1]，把里面的机关搅坏一点，流出些蒲公英的白汁似的红水，这件事就完了：你看多么简单。简单就是安乐，这比什么病都好得多了。三月十八日中法大学生胡锡爵君在执政府被害，学校里开追悼会的时候，我送去一副对联，文曰：

什么世界，还讲爱国？

如此死法，抵得成仙！

这末一联实在是我衷心的颂辞。倘若说美中不足，便是弹子太大，掀去了一块皮肉，稍为触目，如能发明一种打鸟用的铁砂似的东西，穿过去好像是一支粗铜丝的痕，那就更美满了。我想这种发明大约不会很难很费时日，到得成功的时候，喝酸牛奶的梅契尼柯夫（Metchinikoff）医生所说的人的“死欲”一定也已发达，那么那时真可以说是“合之则双美”了。

我写这篇文章或者有点受了正冈子规的俳文《死后》的暗示，但这里边的话和意思都是我自己的。又上文所说有些是玩话，有些不是，合并声明。

（十五年五月）

［案］所说俳文《死后》已由张凤举先生译出，登在《沉钟》第六期上。

（十六年八月编校时再记）

【锺校】

①“窿”原作“陇”。

心中

三月四日北京报上载有日本人在西山旅馆情死事件，据说女的是朝日轩的艺妓名叫来香，男的是山中商会店员“一鹏”。这些名字听了觉得有点希奇，再查《国民新报》的英文才知道来香乃是梅香（Umeka）之误，这是所谓艺名，本名日向信子，年十九岁，一鹏是伊藤传三郎，年二十五岁。情死的原因没有明白，从死者的身分看来，大约总是彼此有情而因种种阻碍不能如愿，与其分离而生不如拥抱而死，所以这样地做的吧。

这种情死在中国极少见，但在日本却很是平常，据佐佐醒雪的《日本情史》（可以称作日本文学上的恋爱史论，与中国的《情史》性质不同，一九〇九年出版）说，南北朝（十四世纪）的《吉野拾遗》中记里村主税家从人与侍女因失了托身之所，走入深山共伏剑而死，六百年前已有其事。

这一对男女相语曰，“今生既尔不幸，但愿得来世永远相聚”，这就成为元禄式情死的先踪。自南北朝至足利时代（十五六世纪）是那个“二世之缘”的思想逐渐分明的时期，到了近世，宽文（1661—1672）前后的伊豫地方的俗歌里也这样的说着了：

“幽暗的独木桥，
郎若同行就同过去罢，
掉了下去一同漂流着，
来世也是在一起。”

元禄时代（1688—1793）于骄奢华靡之间尚带着杀伐的蛮风，有重果敢的气象，又加上二世之缘的思想，自有发生许多悲惨的情死事件之倾向。

这样的情死日本通称“心中”（Shinjiu）。虽然情死的事实是“古已有之”，在南北朝已见诸记载，但心中这个名称却是德川时代的产物。本来心中这一个字的意义就是如字讲，犹云衷情，后来转为表示心迹的行为，如立誓书，刺[①]字剪发等等。宽文前后在游女社会中更发现杀伐的心中，即拔爪，斩指，或刺贯臂股之类，再进一步自然便是以一死表明相爱之忱，西鹤称之曰“心中死”（Shinjiujini），在近松的戏曲中则心中一语几乎限于男女二人的情死了。这个风气一直流传到现在，心中也就成了情死的代用名词。

[立誓书现在似乎不通行了。尾崎久弥著《江户软派杂考》中根据古本情书指南《袖中假名文》引有一篇样本，今译录于后：

盟誓

今与某人约为夫妇，真实无虚，即使父母兄弟无论如何梗阻，决不另行适人，倘若所说稍有虚伪，当蒙日本六十馀州诸神之罚，未来永远堕入地狱，无有出时。须至盟誓者。

年号月日　　　　女名（血印）

某人（男子名）

中国旧有《青楼尺牍》等书，不知其中有没有这一类的东西。]

近松是日本最伟大的古剧家，他的著作由我看来似乎比中国元曲还有趣味。他所做的世话净琉璃（社会剧）几乎都是讲心中的，而且他很同情于这班痴男怨女。眼看着他们被挟在私情与义理之间，好像是弶上的老鼠，反正是挣不脱，只是拖延着多加些苦痛，他们唯一的出路单是“死”，而他们的死却不能怎么英雄的又不是超脱的，他们的“一莲托生”的愿望实在是很幼稚可笑的，然而我们非但不敢笑他，还全心的希望他们大愿成就，真能够往生佛土，续今生未了之缘。这固然是我们凡人的思想，但诗人到底也只是凡人的代表，况且近松又是一个以慰藉娱悦民众为事的诗人，他的咏叹心中正是当然事，据说近松的净琉璃盛行以后民间的男女心中事件大见增加，可以想见他的势力。但是真正鼓吹心中的艺术还要算净琉璃的别一派，即“新内节”（Shinnai-bushi）。“新内节”之对于心中的热狂的向往几乎可以说是病态的，不管三七二十一的唯以一死为归宿。新吉原的游女听了这游行的新内派的悲歌，无端的引起了许多悲剧，政府乃于文化初年（十九世纪初）禁止“新内节”不得入吉原，唯于中元许可一日，以为盂兰盆之供养，直至明治维新这才解禁。“新内节”是一种曲，且说且唱，翻译几不可能，今姑摘译《藤蔓恋之栅》末尾数节，以为心中男女之回向。此篇系鹤贺新内所作，叙藤屋喜之助与菱野屋游女早衣的末路，篇名系用喜之助的店号藤字敷衍而成，大约是一七七〇年顷之作云。（据《江户软派杂考》）

世上再没有像我这样苦命的人，五六岁的时候死了双亲，只靠了一个哥哥，一天天的过着艰难的岁月，到后来路尽山穷，直落得卖到这里来操这样的行业。动不动就挨老鸨的责骂，算作稚妓出来应接，彻夜的担受客人的凌虐，好容易换下泪湿的长袖，到了成年，找到你一个人做我的终身的倚靠。即使是在荒野的尽头，深山的里面，怎样的贫苦我都不厌，我愿亲手煮了饭来大家吃。乐也是恋，苦也是要恋，恋这字说的很明白：恋爱就只是忍耐这一件事。——太觉得可爱可爱了，一个人便会变了极风流似的愚痴，管盟誓的诸位神明也不肯见听。反正是总不能配合的因缘，还不如索性请你一同杀了罢！说到这里，袖子上已成了眼泪的积水潭，男子也举起含泪的脸来，叫一声早衣，原来人生就是风前的灯火，此世是梦中的逆旅，愿只愿是未来的同一个莲花座。听了他这番话，早衣禁不住落下欢喜泪。息在草叶之阴的爹妈，一定是很替我高兴罢，就将带领了我的共命的丈夫来见你。请你们千万不要怨我，恕我死于非命的罪孽。阎王老爷若要责罚，请你们替我谢罪。祐天老爷释迦老爷都未必弃舍我罢？我愿在旁边侍候，朝朝暮暮，虔心供奉茶汤香花，消除我此生的罪障。南无祐天老爷，释迦如来！请你救助我罢。南无阿弥陀佛！

［祐天上人系享保时代（十八世纪初）人，为净土宗中兴之祖，江户人甚崇敬，故游女遂将他与释迦

如来混在一起了。]

木下杢太郎（医学博士太田正雄的别号）在他的诗集《食后之歌》序中说及“那鄙俗而充满着眼泪的江户平民艺术”，这种净琉璃正是其一，可惜译文不行，只能述意而不能保存原有的情趣了。二世之缘的思想完全以轮回为根基，在唯物思想兴起的现代，心中男女恐不复能有莲花台之慰藉，未免益增其寂寞，但是去者仍大有人在，固亦由于经济迫压，一半当亦如《雅歌》所说由于“爱情如死之坚强”欤。中国人似未知生命之重，故不知如何善舍其生命，而又随时随地被夺其生命而无所爱惜，更未知有如死之坚强的东西，所以情死这种事情在中国是绝不会发见的了。

鼓吹心中的祖师丰后掾据说终以情死。那么我也有点儿喜欢这个玩意儿么？或者要问。“不，不。一点不。”

（十五年，三月六日）

见三月七日的日文《北京周报》（199），所记稍详，据云女年十八岁，男子则名伊藤荣三郎，死后如遗书所要求合葬朝阳门外。女有信留给[2]她的父亲，自叹命薄，并谆嘱父母无论如何贫苦勿再将妹子卖为艺妓。荣三郎则作有俗歌式的绝命词一章，其词曰：

交情愈深，便觉得这世界愈窄了。

虽说是死了不会开花结实，

反正活着也不能配合，还有什么可惜这两条的性命。

《北京周报》的记者在卷头语上颇有同情的论调，但在《北京村之一点红》的记事里想像的写男女二人的会话，不免有点“什匿克”（这是孤桐社主的 Cynic 一字的译语）的气味，似非对于死者应取的态度。中国人不懂情死，是因为大陆的或唯物主义的之故，这说法或者是对的；日本人到中国来，大约也很受了唯物主义的影响了罢，所以[3]他们有时也似乎觉得奇怪起来了。

【锺校】

①“刺”原作“剌”。

②原无“给”字，今增。

③“以”原作“有”。

关于三月十八日的死者

一

我是极缺少热狂的人，但同时也颇缺少冷静，这大约因为神经衰弱的缘故，一遇见什么刺激，便心思纷乱，不能思索更不必说要写东西了。三月十八日下午我往燕大上课，到了第四院时知道因外交请愿停课，正想回家，就碰见许家鹏君受了伤逃回来，听他报告执政府卫兵枪击民众的情形，自此以后，每天从记载谈话中听到的悲惨事实逐日增加，堆积在心上再也摆脱不开，简直什么事都不能做。

到了现在已是残杀后的第五日，大家切责段祺瑞贾德耀，期望国民军的话都已说尽，且已觉得都是无用的了，这倒使我能够把心思收束一下，认定这五十多个被害的人都是白死，交涉结果一定要比沪案坏得多，这在所谓国家主义流行的时代或者是当然的，所以我可以把彻底查办这句梦话抛开，单独关于这回遭难的死者说几句感想到的话。——在首都大残杀的后五日，能够说这样平心静气的话了，可见我的冷静也还有一点哩。

二

我们对于死者的感想第一件自然是哀悼。对于无论什么死者我们都应当如此，何况是无辜被戕的青年男女，有的还是我们所教过的学生。我的哀感普通是从这三点出来，熟识与否还在其外，即一是死者之惨苦与恐怖，二是未完成的生活之破坏，三是遗族之哀痛与损失。这回的死者在这三点上都可以说是极量的，所以我们哀悼之意也特别重于平常的吊唁。

第二件则是惋惜。凡青年夭折无不是可惜的，不过这回特别的可惜，因为病死还是天行而现在的戕害乃是人功。人功的毁坏青春并不一定是最可叹惜，只要是主者自己愿意抛弃，而且去用以求得更大的东西，无论是恋爱或是自由。我前几天在茶话《心中》里说："中国人似未知生命之重，故不知如何善舍其生命，而又随时随地被夺其生命而无所爱惜。"这回的数十青年以有用可贵的生命不自主地被毁于无聊的请愿里，这是我所觉得太可惜的事。

我常常独自心里这样痴想，“倘若他们不死……”我实在几次感到对于奇迹的希望与要求，但是不幸在这个明亮的世界里我们早知道奇迹是不会出来的了。——我真深切地感得不能相信奇迹的不幸来了。

三

这回执政府的大残杀，不幸女师大的学生有两个当场被害。一位杨女士的尸首是在医院里，所以就搬回了；刘和珍女士是在执政府门口往外逃走的时候被卫兵从后面用枪打死的，所以尸首是在执政府，而执政府不知怎地把这二三十个亲手打死的死体当作宝贝，轻易不肯给人拿去，女师大的职教员用了九牛二虎之力，到十九晚才算好容易运回校里，安放在大礼堂中。第二天上午十时棺敛，我也去一看；真真万幸我没有见到伤痕或血衣，我只见用衾包裹好了的两个人，只馀脸上用一层薄纱蒙着，隐约可以望见面貌，似乎都很安闲而庄严地沉睡着。

刘女士是我这大半年来从宗帽胡同时代起所教的学生，所以很是面善，杨女士我是不认识的，但我见了她们两位并排睡着，不禁觉得十分可哀，好像是看见我的妹子，——不，我的妹子如活着已是四十岁了，好像是我的现在的两个女儿的姊姊死了似的，虽然她们没有真的姊姊。当封棺的时候，在女同学出声哭泣之中，我陡然觉得空气非常沉重，使大家呼吸有点困难，我见职教员中有须发斑白的人此时也有老泪要流下来，虽然他的下颔骨乱动地想忍他住也不可能了。……

这是我昨天在《京副》发表的文章中之一节，但是关于刘杨二君的事我不想再写了，所以抄了这篇“刊文”。

四

二十五日女师大开追悼会，我胡乱做了一副挽联送去，文曰：

死了倒也罢了，若不想到二位有老母倚闾，亲朋盼信；

活着又怎么着，无非多经几番的枪声惊耳，弹雨淋头。

殉难者全体追悼会是在二十三日，我在傍晚才知道，也做了一联：

赤化赤化，有些学界名流和新闻记者还在那里诬陷；

白死白死，所谓革命政府与帝国主义原是一样东西。

惭愧我总是“文字之国”的国民，只会以文字来记念死者。

（民国十五年三月十八日之后五日）

新中国的女子

三月十八日国务院残杀事件发生以后，日文《北京周报》上有颇详明的记述，有些地方比中国的御用新闻记者说的还要公平一点，因为他们不相信群众拿有“几支手枪”，虽然说有人拿着 Stick 的。他们都颇佩服中国女子的大胆与从容，明观生在《可怕的刹那》的附记中有这样的一节话：

> 在这个混乱之中最令人感动的事，是支那女学生之刚健。凡有示威运动等，女学生大抵在前，其行动很是机敏大胆，非男生所能及。这一天女学生们也很出力。在我的前面有一个女学生，中了枪弹，她用了那毛线的长围巾扪住了流出来的血潮，一点都不张皇，就是在那恐怖之中我也不禁感到钦佩了。我那时还不禁起了这个念头，照这个情形看来，支那将靠了这班女子兴起来罢！

《北京周报》社长藤原君也在社说中说及，有同样的意见：

> 据当日亲身经历目睹实况的友人所谈，最可佩服的是女学生们的勇敢。在那个可怕的悲剧之中，女学生们死的死了，伤的伤了，在男子尚且不能支持的时候，她们却始终没有失了从容的态度。其时他就想到支那的兴起或者是要在女子的身上了。以前有一位专治汉学的老先生，离开支那二十年之后再到北京来，看了青年女子的面上现出一种生气，与前清时代的女人完全不同了，他很惊异，说照这个情形支那是一定会兴隆的；我们想到这句话，觉得里边似乎的确表示着支那机运的一点消息。

我们读佩弦君的《执政府大屠杀记》，看见他说：

> 我真不中用，出了门口，一面走，一面只是喘息。后面有两个女学生，有一个我真佩服她，她还能微笑着对她的同伴说："他们也是中国人哪！"这令我惭愧了！

把这个与杨德群女士因了救助友人而被难的事实合起来看，我们可以相信日本记者的感想是确实的，并不全是由于异域趣味的漫浪的感激。其实这现象也是当然的，从种种的方面看来，女子对于革命事业的觉悟与进行必定要比男子更早，更热烈坚定，因为她们历来所身受的迫压也更大而且更久。波兰俄国以及朝鲜的革命史上女子占着多大的位置，大家大抵是知道的，中国虽是后进，也自然不能独异。我并不想抹杀男子，以为他们不配负救国之责，但他们之不十分有生气，不十分从容而坚忍，那是无可讳言的。我也并不如日本记者那样以为女子之力即足以救中国，但我确信中国革命如要成功，女子之力必得占其大半。有革命思想的男子容易为母妻所羁留，有革命思想的女子不特可以自己去救国，还可以成为革命家之妻，革命家之母。这就是她们的力量之所在。

男女的思想行为的变化与性择很有关系，不过现在都是以男性为主，将来如由女性来作“风雅的盟主”（Elegantiae Arbiter），不但两性问题可以协和，一切也都好了。（斯妥布思女士的主张也即是其中之一部分。）现在不谈别的，只说关于中国革命的事，我们的盟主应该是怎样的一种人呢？这断然不是躲在书斋里读《甲寅》的聪明小姐喽，却也未必一定是男装从军的木兰一流人物。我在这里忽然想起波兰的一首诗来，这诗载在勃阑特思（Georg Brandes）所著《十九世纪波兰文学论》中，是有名的复仇诗人密子克微支（Adam Mickiewicz）所作，题名《与波兰的母亲》，是表示诗人理想中的国民之母的，我们且看他是怎样说法。大意云：

赶快带你的儿子到冷僻的洞窟里，教他睡在芦苇上，呼吸潮湿秽恶的空气，与毒虫同卧一处。在那里，他将学会怎样使他的愤怒潜伏，使他的思想叵测，沉默地毒死他的言语，卑屈的使他的形状像那蝮蛇。我们的救主在做小孩的时候，在拿撒勒游戏，拿了十字架，后来他就在这上面救了世界。波兰的母亲呵！倘若我是你，我将拿他的未来运命的玩具给他游戏。早点给他链条锁在手上，叫他习惯推那犯人的污秽的小车，使他见了刽子手的刀斧不会失色，见了绞索不会红脸。因为他并不如古时武士将往耶路撒冷充十字军，插他的旗在那被征服的城上，也不像三色旗下的兵士将去耕自由之田地，沃以自己的鲜血。不，无名的奸细将告发了他，他当在伪誓的法官前辩护他自己，他的战场是地下的囚室，不可抗的敌人就是他的裁判官。绞架的枯木即为他的墓标，几个女人的眼泪，不久就干了，以及国人的夜间的长谈，是他死后的唯一的荣誉与记念。

这是波兰的贤母，但是良妻应当怎样呢？据同一诗人在《格拉支那》(*Gracyna*)一篇中所说，她可以违背了丈夫的命令，牺牲了性命身家领地，毫无顾惜，只要能保存祖国的光荣，与敌人以损害。啊，波兰的复仇诗人们，密子克微支与斯洛伐支奇，你们的火焰似的[①]热情是永不会消灭的，在这世界上还有迫压与残暴的时候。你们理想中的女子或者诚然不免有点过激，但在波兰恐怕非如此不可，而且或者非如此波兰也不会保存以至中兴。中国现在情形似乎比波兰要好一点（不过我也不能担保，照这样“整顿学风”下去，就快到那地步了），因为如勃阑特思的《波兰印象记》第二卷所说：“政府禁止在学校里教女子读波兰文，但教裁缝是许可的，所以她们在石板上各画一幅胸带的图，以防军警来查，她们在桌上摆着裁缝材料，书籍放在下面。”中国总算还让她们读书，因此我觉得对于中国的女子还不至于希望她们成为波兰式的贤母良妻，只希望她能引导我们激刺我们，并不是专去报复，是教我们怎样正当地去爱与死。

我不知道中国的新妇女或旧妇女的爱情是猛烈还是冷淡，但我觉得中国男子大抵对于恋爱与生死没有大的了解与修养，可见女性影响之薄弱无用。生在此刻中国的女子不但当以大胆与从容的态度处理自己的恋爱与死，还应以同样的态度来引导——不，我简直就说引诱或蛊惑男子去走同一的道路，而且使恋爱与死互相完成。这应当怎么做，她们自己会知道，我们不能说，我只能表示这样一个希望罢了。至于弹琴作画吟诗刺绣的小姐们，本来也是好的，不过那是天下太平时代的装饰品，正如一个霁红花瓶，我决不想敲破他，不过不是像现在中国这样的破落人家所该得起的，所以我不想颂扬。大约在二十年前，刘申叔先生正在东京办《天义报》的时候，我曾做了三首偶成的诗，寄给他发表，现在还没有忘记，转录在这里，算作有诗为证罢。

为欲求新生，辛苦此奔走，
学得调羹汤，归来作新妇。
不读宛委书，但织鸳鸯锦，
织锦长一丈，春华此中尽。
出门怀大愿，竟事不一呋，
款款坠庸轨，芳徽永断绝。

民国十五年大残杀之月末日，在北京书，为被杀伤的诸女士纪念。

【锺校】

①原无“的”字，今增。

碰伤

我从前曾有一种计划，想做一身钢甲，甲上都是尖刺，刺的长短依照猛兽最长的牙更加长二寸。穿了这甲，便可以到深山大泽里自在游行，不怕野兽的侵害。他们如来攻击，只消同毛栗或刺猬般的缩着不动，他们就无可奈何，我不必动手，使他们自己都负伤而去。

佛经里说蛇有几种毒，最利害的是见毒，看见了他的人便被毒死。清初周安士先生注《阴骘文》，说孙叔敖打杀的两头蛇，大约即是一种见毒的蛇，因为孙叔敖说见了两头蛇所以要死了。（其实两头蛇或者同猫头鹰一样，只是凶兆的动物罢了。）但是他后来又说，现在湖南还有这种蛇，不过已经完全不毒了。

我小的时候，看《唐代丛书》里的《剑侠传》，觉得很是害怕。剑侠都是修炼得道的人，但脾气很是不好，动不动便以飞剑取人头于百步之外。还有剑仙，那更利害了，他的剑飞在空中，只如一道白光，能追赶几十里路，必须见血方才罢休。我当时心里祈求不要遇见剑侠，生恐一不小心得罪他们。

近日报上说有教职员学生在新华门外碰伤，大家都称咄咄怪事，但从我这浪漫派的人看来，一点都不足为奇。在现今的世界上，什么事都能有。我因此连带的想起上边所记的三件事，觉得碰伤实在是情理中所能有的事。对于不相信我的浪漫说的人，我别有事实上的例证举出来给他们看。

三四年前，浦口下关间渡客一只小轮，碰在停泊江心的中国军舰的头上，立刻沉没，据说旅客一个都不失少。（大约上船[1]时曾经点名报数，有账可查的。）过了一两年后，一只招商局的轮船，又在长江中碰在当时国务总理所坐的军舰的头上，随即沉没，死了若干没有价值的人。年月与两方面的船名，死者的人数，我都不记得了，只记得上海开追悼会的时候，有一副挽联道：

未必同舟皆敌国，

不图吾辈亦清流。

因此可以知道，碰伤在中国实是常有的事。至于完全责任，当然由被碰的去负担。譬如我穿着有刺钢甲，或是见毒的蛇，或是剑仙，有人来触，或看，或得罪了我，那时他们负了伤，岂能说是我的不好呢？又譬如火可以照暗，可以煮饮食，但有时如不吹熄，又能烧屋伤人，小孩们不知道这些方便，伸手到火边去，烫了一下，这当然是小孩之过了。

听说，这次碰伤的缘故由于请愿。我不忍再责备被碰的诸君，但我总觉得这办法是错的。请愿的事，只有在现今的立宪国里，还暂时勉强应用，其馀的地方都不通用的了。例如俄国，在一千九百零几年，曾因此而有军警在冬宫前开炮之举，碰的更利害了，但他们也就从此不再请愿了。……我希望中国请愿也从此停止，各自去努力罢。

（十年六月，在西山）

【锺校】

①此处原衍“的”字，已删。

吃烈士

这三个字并不是什么音译，虽然读起来有点佶屈聱牙，其实乃是如字直说，就是说把烈士一块块地吃了下去[①]，不论生熟。

中国人本来是食人族，象征地说有吃人的礼教，遇见要证据的实验派可以请他看历史的事实，其中最冠冕的有南宋时一路吃着人腊去投奔江南行在的山东忠义之民。不过这只是吃了人去做义民，所吃的还是庸愚之肉，现在却轮到吃烈士，不可谓非旷古未闻的口福了。

前清时捉到行刺的革党，正法后其心脏大都为官兵所炒而分吃，这在现在看去大有吃烈士的意味，但那时候也无非当作普通逆贼看，实行国粹的寝皮食肉法，以维护纲常，并不是如妖魔之于唐僧，视为十全大补的特品。若现今之吃烈士，则知其为——且正因其为烈士而吃之，此与历来之吃法又截然不同者也。

民国以来久矣没有什么烈士，到了这回五卅——

终于应了北京市民的杞天之虑，因为阳历五月中有两个四月，正是庚子预言中的“二四加一五”，——的时候，才有几位烈士出现于上海。这些烈士的遗骸当然是都埋葬了，有亲眼见过出丧的人可以为凭，但又有人很有理由地怀疑，以为这恐怕全已被人偷吃了。据说这吃的有两种方法，一曰大嚼，一曰小吃。大嚼是整个的吞，其功效则加官进禄，牛羊繁殖，田地开拓；有此洪福者闻不过一二武士，所吞约占十分七八，下馀一两个的烈士供大众知味者之分尝。那些小吃者多不过肘臂，少则一指一甲之微，其利益亦不厚，仅能多卖几顶五卅纱秋，几双五卅弓鞋，或在墙上多标几次字号，博得蝇头之名利而已。呜呼，烈士殉国，于委蜕更有何留恋，苟有利于国人，当不惜举以遗之耳。然则国人此举既得烈士之心，又能废物利用，殊无可以非议之处，而且顺应潮流，改良吃法，尤为可喜，西人尝称中国人为精于吃食的国民，至有道理。我自愧无能，不得染指，但闻“吃烈士”一语觉得很有趣味，故作此小文以申论之。

（乙丑大暑之日）

【锺校】

①“吃了下去”原作“吃下去了”。

闲话四则

一

沉默是一切的最好的表示。“吾爱——吾爱”地私语尚不是恋爱的究竟成就，天乎天乎的呼唤也还不足表出极大的悲哀；在这些时候真的表示应是化石般的，死的沉寂。有奇迹在眼前发现，见者也只是沉默，发怔，无论这是藤帽底下飞出一只鹁鸽或是死人复活。不可能的与不会有的事情发生都是同样的奇迹，同样的不可思议。譬如有人把一个人活活地吞下去了，无论后来吐不吐出来，看客一定瞪目结舌说不出话。将来还吐出来呢，那是变的上好的戏法，值得惊服；倘若不吐出来，那么就是简直把他果了腹，正如同煮了吃或蒸了吃一样，这也是言语道断，还有什么话可说。“查得吃人一事，与公理正义显有不合，……”这样说法岂不是只有傻子才说的呆话？

三月十八日以来北京有了不少的奇迹，结果是沉默，沉默，再是沉默。这是对的，因为这是唯一适当的对付法。

但是这又可以表示别的意思，一是恐惧，二是赞成。不过在我们驯良的市民，这是怎么一个比例，那可就很不易说了。

二

天下奇事真是不但无独而且还有偶。最近报载日本政府也要下令取缔思想了，只可惜因为怕学界反抗，终于还未发表。中国呢，学界隐居于六国饭店等地方了；这一点究竟是独而难偶的，是日本所决不能及的。

取缔思想这四个字真正下得妙极，昏极亦趣极。俄国什么小说中有乡下人曾这样地说："大野追风，拔鬼尾巴！"恰是适切的评语。追风犹追屁，不过追不着罢了，拔鬼尾巴便不大妥当了。这不但是鬼的小尾巴是拔不住的，万一侥天之幸而拔住了，——拔住了又怎么样呢？鬼尾巴的前头不是还有一个鬼么？你将怎么办？这好像是"倒拔蛇"，拔得出时是你的运气，但或者同时也是你的晦气。日本的政治家缺少历史知识，这是很可惜的，虽然他们的踌躇还有可取，毕竟比从前白俄的官宪高明得多了。

在中国，似乎有点不同，这只能说是拔猪尾巴罢，如在大糖房胡同所常见似的。

天下奇事到底是有独而无偶。

（十五年五月）

三

平常大家认为重罪的强奸，在乱时便似乎不大希奇了，传说，新闻，以至知县的公文上都冠冕堂皇地说及，仿佛只是天桥茶客打架似的一件极普通的官司。是的，在这乱世是没有法的，因为乱世的特色是乱。俗语云："乱世的人还不如太平的狗。"在乱时战区内的妇女的命运大约就是两种（逃走和躲避的自然除外），一是怕强奸而自尽的，二是被强奸而活着的。第一种自有人来称她作烈女烈妇，加以种种哀荣，至少也有一首歌咏。第二种人则将为人所看不起，如同光时代的"长毛嫂嫂"，虽然她们也是可哀而且——可敬的。忍辱与苦恐怕在人类生存上是一个重要的原素，正如不肯忍辱与苦是别一个重要的原素一样。我们想到现存的人民多半是她们的苗裔，对于那些喜讲风凉话的云孙耳孙们真觉得不很能表赞同了。

一本古书上说，据历来的传说，在不知几千[1]年前，有一回平定京师[②]的时候，一个游勇强奸了妇女，还对她说，不准再被别人强奸。男性道德的精义全在这里了，他或者是讲风凉话的鼻祖罢？——喔！强奸怎么能作闲话的材料？我看了报上节俭的记述，仿佛觉得想说一两句话，不过这个题目实在太难，也只得节俭一点把笔“带住”了。

四

难民——这是现在北京的名物之一，几乎你往城内的任何处都能看见的，我在北京溷了十年（前清时也曾来过一次），这种景象还是初次见到。难民的家怎么样了，我因为不曾目击过，想不出来，但见了这副人工乞丐似的身命也就够不愉快了，而尤其使我不愉快的乃是难民妇女的脚。

她们的脚自然向来是如此，并不是被难之后才裹，或因逃难而特别走尖的。然而这实在尖得太可怕了。我以前的确也见过些神秘的小脚，几乎使人诧异“脚在哪里”地那么小，每令我感到自己终是野蛮民族而发出“我最喜欢见女人的天足”的慨叹。现在看见这脚长在难民身上，便愈觉得怃然。我并不说难民不配保有小脚，我只不知怎的感到小脚与难民之神妙的关系，仿佛可以说小脚是难民的原因似的。我自知也是她们的同族，但心里禁不住想，你们的遭难是应该的，可怜，你们野蛮民族。身上刺青，雕花，涂颜色，着耳鼻唇环的男女，被那有机关枪，迫击炮，以及飞机——啊，以及飞机的文明人所虐杀，岂不是极自然与当然的么？喔，我愿这是一个恶梦，一觉醒来，不见那些国粹的难民，国货的小脚！

但是这愿望或者太奢了，上帝未必肯见听罢？

（十五年六月）

【锺校】

①“千”《语丝》作“百”。

②“京师”《语丝》作“边疆”。

钢枪趣味

胡成才君所译勃洛克的《十二个》是我近来欢喜地读了的一本书，虽然本文篇幅本来不多。我在这诗里嗅到了一点儿大革命的气味，只有一点儿，因为我的感觉是这样的钝，不，简直有点麻木了，对于文学什么的激刺压根儿就不大觉得。但是，第十一节里有一行却使我很感动了，其文曰：

他们的钢枪……

这五个字好像是符咒似的吸住了我的眼光，令我心中起了一种贪欲，想怎样能够得到一枝钢枪，正如可怜的小“乐人杨珂”想得破胡琴一样。呃，钢枪！这是多么可爱的一个名词，即使单是一个名词！

有些不很知道我的人，常以为我是一个“托尔斯多扬”（Tolstoyan），这其实是不很对的。托尔斯多自然我也有点喜欢，但还不至于做了“扬”。而且到了关于战争这一点上，我的意见更是不同，因为我是承认战争的。我并不来提倡战争，但不能不承认他是一种不可免的事实，正如我们之承认死。这是我之所以对于钢枪不怀反感，并且还有点眷恋的缘故。但是，我喜欢钢枪，并不全在于他的实用，我实在是喜欢钢枪他本身，可以当很好的玩具看。那个有磷光似的青闪闪的枪身，真是日日对看抚摩都不厌的。在“天下太平”的时候，我想找一枝百战的旧钢枪来（手枪之类我不喜欢），挂在书房的墙壁上，和我自己所拓的永明造像排在一起，与我的凤皇三年砖同样的珍重。因为是当作玩具的，没有子弹也无妨，但有自然更好。我说“天下太平”，因为不太平我们就买不到旧刀枪，也不能让我们望着壁上所挂的玩具过长闲的日子。然而我的对于钢枪的爱着却是没有变的，好像我之爱好女人与小儿。我在南京当兵的时候玩弄过五年钢枪，养成了这个嗜好，可见兵这东西是不可不当的。

（十五年九月）

图书在版编目(CIP)数据

泽泻集/周作人著作;锺叔河编订.—长沙:岳麓书社,2019.1
(2022.7 重印)

ISBN 978-7-5538-0853-6

Ⅰ.①泽… Ⅱ.①周…②锺… Ⅲ.①散文集—中国—现代
Ⅳ.①I266

中国版本图书馆 CIP 数据核字(2017)第 320243 号

ZEXIE JI

泽泻集

周作人著作 锺叔河编订

特约编辑:鄢 琨

责任编辑:蒋 浩

责任校对:舒 舍

书籍设计:风格八号

岳麓书社出版发行

地址:湖南省长沙市爱民路 47 号

直销电话:0731-88804152 0731-88885616

邮编:410006

版次:2019 年 1 月第 1 版

印次:2022 年 7 月第 3 次印刷

开本:787mm×1092mm 1/32

印张:3.25

字数:53 千字

印数:7 001—9 000

书号:ISBN 978-7-5538-0853-6

定价:15.00 元

承印:长沙鸿发印务实业有限公司

如有印装质量问题,请与本社印务部联系

电话:0731-88884129